BiBi's
FREUNDSCHAFT

Dieses Kinderbuch ist entstanden, weil ein Vater seiner stark behinderten Tochter Steffi Mut machen wollte, damit sie während des langjährigen Aufenthaltes im Krankenhaus den Mut nicht verliert. Der Vater hat Geschichten und Märchen vorgelesen, erzählt und letztendlich erfunden. Das Resultat ist eine wunderschöne Geschichte über Mut und Freundschaft.

Ich widme dieses Buch Steffi und allen,
die Mut und Freundschaft brauchen.

CHRISTIANA CLAAS

ISBN 978-3-00-054244-2

Illustration Umschlag und Inhalt: Anja Otte und Schüler der Birger-Forell-Sekundarschule Espelkamp
Umschlaggestaltung: N. Buse | J. F. Niemeyer GmbH & Co. KG

Druck und Bindung:
J. F. Niemeyer GmbH & Co. KG
Hohlweg 6 | 49179 Ostercappeln
Tel. 05473 9205-0 | Fax 05473 9205-40
info@j-f-niemeyer.de | www.j-f-niemeyer.de

Anja Otte

Mathe- und Kunst-Lehrerin

an der
Birger-Forell-Sekundarschule Espelkamp,
hat gemeinsam mit ihren Schülern die
Illustrationen zu diesem Buch gestaltet:

Ilayda Arifoglou
Monique Bergsieker
Milena Bethke
Ayla Bostanci
Jasmin Büttner
Jason Glyn Creser
Anastasie Degtjarenko
Betül Doganer
Lisa Enns
Julia Friesen
Ilayda Güney
Fatima Ibrahimi
Dylan Koch
Leonie Ladwig
Milena Lampe
Lea Langemann
Melissa Lanzillotta
Melina Lückemeier
Melek Mat
Laura Neufeld
Melanie Ott
Aylin Peitzmeier
Evelyn Rempel
Patricia Sawatzky
Nadine Schneider
Zaid Sleibi
Leon Tegeler
Vanessa Tegeler
Shivan Al Hussein
Merle Beinke
Maximilian Botschkow
Genny Bottecchia
Erik Del
Aldrine Jr. Fernandez
Jenny Freier
Halil Gökceltik
Michele Harder
Finn Jacobs
Pascal Lenz
Saskia Lüssenheide
Charlize Lüttke
Daniela Martjan
Angelina Matthäus
Doreen Nikel
Leonie Pankraz
Felice Rajnowski
Oguz Sari
Emirhan Süzen
Carolin Tirre
Robin Vogt
Naemi Voth
David Wiens
Christina Telkow
Malena Kehla
Yasmin Tastinur
Maja Büscher
Tabea Teichrib
Sabrina Klassen
Dominik Bokowski
Jonathan Fast
Simon Epp
Daniel Regehr
Kevin Stoll
Dorothea Peters

Der Sommer war wunderschön.
Alle Schwalben konnten sich nicht daran erinnern, schon einmal so wunderbare Blumen und so saftiges grünes Gras gesehen zu haben.
Die Tage waren herrlich, warm und voll Sonne.
Dazu gab es Futter in Hülle und Fülle.

Die kleinen Schwalbenkinder, mittlerweile auch schon groß geworden, saßen in ihren Nestern meistens am Nestrand, schlugen stolz mit ihren Flügeln und alle Schwalbeneltern wussten, morgen oder in den nächsten Tagen würden die ersten Schwalbenkinder mit ihren Flugversuchen beginnen.

Die Schwalben waren schon ganz aufgeregt, besonders die in der kleinen Hecke am Wegesrand, direkt neben dem kleinen Bach.
Hier hatten Schwalbenvater Piet und seine Schwalbenfrau Eva-Maria ein besonders schönes Nest gebaut und waren stolz auf ihre prächtig geratenen Schwalbenkinder. Zwei von ihnen saßen schon auf dem Nestrand mit glänzenden Federn und

großen lustigen Augen, die frech und selbstbewusst in die Welt schauten.
Sie flatterten mit ihren Flügeln, neckten sich mit ihren Schnäbeln und waren so vergnügt, wie Schwalbenkinder nun mal im Sommer sind. Vater Piet flog vor dem Nest hin und her, als wollte er allen anderen Schwalben zeigen: Seht her, sind meine Kinder nicht wunderbar?

piep piep

Aber warum war Mutter Eva-Maria dabei so traurig? Sie saß über dem Nest auf einem Zweig und schaute ernst zu ihren Kindern hinunter und wenn man ihrem Blick folgte, sah man hinten im Nest, wo es schon ein bisschen dunkler war, ein kleines Schwälbchen. Es war ein süßes kleines Schwälbchen, ganz zart mit feinen Federn und sehr hübschen Äuglein.

Das Schwälbchen schaute seinen großen Brüdern zu, freute sich mit ihnen und versuchte, auch auf den Rand des Nestes zu klettern. Aber dazu war es viel zu klein und zu zierlich. Doch es freute sich, dabei zu sein. Und während die großen Brüder zwitscherten und lärmten, machte unser kleines Schwalbenkind nur ganz leise: „Piep, piep, piep.“

In den nächsten Tagen war in der Schwalbenkolonie der Teufel los. Der große starke Jan flog als Erster. Er stürzte sich tollkühn aus seinem Nest, fiel, flatterte, fiel tiefer, flatterte noch mehr, flog ein bisschen – und landete in einer staubigen Wolke auf dem Boden. Er schüttelte sich kurz, holte tief Luft und probierte es sofort wieder.
Er flog, flatterte nach links, nach rechts und landete schließlich auf dem Gartenzaun.

Der Jubel war groß. Er hatte es geschafft. Und jetzt probierten es auch andere Schwalbenkinder. Erst die dicke Maria, dann der verfressene Rolf. Und alle, alle fielen und stolperten, landeten zwar struppig aber zufrieden. Schon am ersten Abend konnte fast die Hälfte aller jungen Schwalben richtig fliegen.

So ging es jeden Tag weiter, bis schließlich alle Kinder das Nest verlassen hatten und gemeinsam mit den glücklichen Schwalbeneltern über die große Wiese zum Waldrand flogen und auch zum Bach.

Alle Kinder? Nein, das ist nicht ganz richtig. Unser kleines Schwälbchen saß noch immer in seinem Nest. Es war noch viel hübscher geworden, aber immer noch sehr klein und zierlich. Sein zartes „Piep, piep“ ging fast unter in dem Lärm, den alle anderen machten.

Piep
Piep

Vater Piet und Mutter Eva-Maria machten sich natürlich große Sorgen, die jeden Tag noch ein wenig größer wurden. Denn die Tage wurden kühler und schon bald wird man in den Süden ziehen müssen, in warme Länder, in denen man bleiben konnte, bis der lange Herbst und der kalte Winter vorüber sind.

Mit großer Geduld brachten Eva-Maria und Piet ihrem kleinen Schwalbenkind jeden Tag Futter, wobei sie darauf achteten, dass sie nur die besten und schmackhaftesten Stücke in den kleinen Schnabel stopften. Und mit jedem weiteren Tag hofften sie, dass vielleicht doch noch ein Wunder geschehe und ihr Kind größer und stärker werde.

Aber die Zeit verging schnell – viel zu schnell. Und dann kam er, der schreckliche Tag: Der letzte Tag vor dem großen Abflug in den Süden. Alle Schwalben hatten sich schon reisefertig gemacht. Sie hatten sich von der grünen Wiese verabschiedet, die langsam gelb und braun wurde. Sie flogen noch einmal zum Bach und stellten fest, dass das Wasser schon sehr, sehr kalt geworden war. Und jetzt kam der Augenblick, vor dem sich alle gefürchtet hatten. Vater Piet sprach mit ruhiger, aber trauriger Stimme zu seinem kleinen Schwalbenkind: „Morgen früh müssen alle mit der großen Schwalbenfamilie in den Süden fliegen. Das heißt, du musst jetzt zeigen, dass du auch fliegen kannst, sonst musst du ganz alleine und ohne Hilfe in der Hecke zurückbleiben.“

piep

Während er das sagte, kullerte eine große Träne aus seinem Auge. Dabei saß Mutter Eva-Maria ganz eng neben ihrem Schwalbenkind, wärmte seine Federn und zeigte ihm noch einmal, wie sehr sie es liebte. Immer mehr Schwalben kamen zum Nest und schauten zu. Sie waren alle sehr aufgeregt und machten dem kleinen Schwälbchen Mut: „Du schaffst das schon. Probiere es noch einmal. Wir drücken dir die Daumen.“ So oder so ähnlich zwitscherte es in der ganzen Hecke.

Dann wurde es ganz ruhig. Es war, als ob plötzlich alle den Atem anhielten. Das kleine Schwalbenkind rutschte innerhalb des Nestes ganz nach vorne, zog sich hoch und saß dann, etwas unsicher wackelnd, ganz oben auf dem Rand.

Es schaute
zum ersten Mal in
die Tiefe und erschrak.
Mein Gott, war das hoch!
Eine schreckliche Angst fuhr in sein kleines Herz. Schon wollte es wieder umdrehen und in das warme Nest zurückkriechen, aber Vater Piet sagte erneut mit ernster Stimme: „Du musst es jetzt versuchen. Wir können nicht länger warten. Spring einfach los und habe Vertrauen! Jede Schwalbe kann fliegen. Auch du wirst es können!“

Dem kleinen Schwalbenkind wurde es ganz schlecht vor Angst und Aufregung. Es hatte das Gefühl, der Erdboden würde immer weiter verschwinden und das Nest immer höher steigen. Sein kleines Herz krampfte

sich zusammen. Es schloss die Augen und hörte nur noch dic Stimme seiner Mutter: „Versuche es! Bitte versuche es, ich bin bei dir!“
Und dann nahm es allen Mut zusammen, machte einen großen Sprung – und fiel.

Erst langsam und dann immer schneller. Es taumelte, drehte sich, stürzte mal kopfüber, mal kopfunter. Verzweifelt versuchte es, mit den Flügeln zu schlagen, aber es war zu spät!
Der Aufprall war sehr hart.
Das Schlimmste hätte passieren können, wäre da nicht ein dicker weicher Löwenzahnbusch gewesen.

Erst war es ganz still. Dann riefen alle Schwalben fast wie im Chor: „Versuch es noch einmal, jetzt gleich! Versuch es! Bitte, bitte!“

Das kleine Schwälbchen versuchte es immer und immer wieder. Aber das war kein Fliegen, das waren nur kleine Hopser. Und als es dunkel wurde, war es ganz kraftlos und voller Verzweiflung. Und das Schlimmste war, es schämte sich so sehr, dass es als einzige Schwalbe nicht fliegen konnte.

Die Nacht war furchtbar. Das Schwalbenkind saß unter der Hecke, ganz tief im Gebüsch verborgen. Viele unbekannte Geräusche ließen es nicht schlafen.
Es knackte und raschelte überall – und sofort kamen angstvolle Gedanken: War das die große gelbe Wildkatze?

War es die böse Eule oder waren es andere, noch viel schrecklichere Tiere?
Es war furchtbar. Und ich glaube, keine Schwalbe hat in dieser Nacht auch nur eine Stunde geschlafen.

Es nahte der nächste Morgen – und damit auch der Abschied, was noch viel schlimmer war. Jede einzelne Schwalbe verabschiedete sich von dem unglücklichen Schwalbenkind, das traurig und weinend unter der Hecke im Gras saß.

Es war soweit: Die Schwalben mussten aufbrechen. Es half alles nichts.
In einer großen Schar flogen alle Schwalben nochmals um die Hecke und dann in Richtung Süden.

„Leb wohl, leb wohl, wir denken an dich“, riefen sie alle.
Selten hat man Schwalben so traurig abfliegen sehen.

Auch Vater Piet und Mutter Eva-Maria, die bis zuletzt bei ihrem Kind gewartet hatten, mussten nun los und verabschiedeten sich. Ein letztes Streicheln, ein letzter Gruß und plötzlich war das Schwalbenkind ganz alleine. Es weinte bitterlich. „Jetzt muss ich sterben“, sagte es und dachte mit Schrecken an die kommende Nacht. Es war so aufgeregt und verzweifelt, dass es gar nicht merkte, wie hungrig es war. Es begann langsam dunkel zu werden — erst ein bisschen, dann immer mehr und dann war sie da, die schwarze Nacht.

Alleine, frierend, hungrig und angstvoll hockte das Schwalbenkind tief unten in der Hecke und wartete.

Überall waren Geräusche. Es knackte und dann raschelte es. Auf der Wiese hörte es Schreie und Flügelschlag. Und waren da nicht leise Schritte vom

Rasendes Herzklopfen, angstvolles Horchen in die Nacht hinein, ständig einen furchtbaren Schreck vor Augen und eine Angst, die immer größer wurde. So vergingen die Minuten grässlich langsam, voller Pein und Not.

Und dann geschah es: Plötzlich raschelte es direkt hinter ihm. Der Schreck fuhr ihm voll ins Herz. Es wagte nicht, sich umzudrehen. Es fühlte nur Gefahr, höchste Gefahr. Da war doch jemand. Ein schrecklicher Feind? Oh Mutter, hilf mir! Bitte, bitte hilf mir.

Doch plötzlich fragte eine leise Stimme: „Wer bist du denn? Und was machst du hier?“

Das Schwalbenkind drehte sich voll Panik um. Aber zu seinem Erstaunen und zu seiner großen Erleichterung war da nur eine kleine graue Maus im Dunkeln erkennbar.

Die Maus sagte: „Warum bist du denn nicht mit den anderen Schwalben geflogen? Warum bist du hier allein zurückgeblieben?“

„Ich kann nicht fliegen!“, sagte das Schwalbenkind.

„Ach Unsinn!
Alle Schwalben können fliegen“, sagte die Maus.

„Aber ich kann es nicht. Ich bin zu schwach und zu klein“, antwortete das Schwalbenkind.

Oh“, sagte die Maus. „was für ein Unglück. Das ist doch viel zu gefährlich für dich hier in der Hecke.“

„Ich weiß“, sagte das Schwalbenkind, „und ich habe schreckliche Angst.“

„Ich möchte dir so gerne helfen“, sagte die Maus, „aber ich weiß nicht so recht wie? Wenn du eine Maus wärest, könntest du bei mir in der Höhle wohnen, aber du bist ein Schwälbchen.“

„Oh, das ist doch die Rettung. Bitte! Bitte! Lass mich in deine Höhle“, rief das Schwalbenkind. „Ich bin auch ganz lieb und artig!“

„Das ist ja ein ganz neuer Vorschlag“, antwortete die Maus. „So etwas hat es ja noch nie gegeben.“

Die Maus dachte lange nach. Und dann krabbelte sie plötzlich ganz nah zum Schwalbenkind und sagte: „Wenn du willst, dann komm mit mir. Wir versuchen es einfach.“ Und so schlüpften beide in das kleine Mauseloch direkt unter der alten Baumwurzel.

Zwar war es eng und dunkel und für ein kleines Vöglein sehr schwer, in den muffigen schwarzen Gang zu kriechen. Doch plötzlich wurde es geräumig und warm. Und durch ein winziges Luftloch fiel sogar ein wenig Mondlicht in die Höhle.

„Hier wohne ich", sagte die Maus voller Stolz. „Ich habe den ganzen Sommer und Herbst leckere Vorräte gesammelt. Ich habe genug zu essen für uns beide. Komm, wir wollen es uns gemütlich machen. Ich hoffe, es gefällt dir hier?"

„Gefallen?", rief das Schwalbenkind. „Was heißt hier gefallen? Es ist wunderbar hier unten. Und Angst habe ich auch keine mehr." Das Schwalbenkind strahlte und freute sich. Ebenso freute sich auch die Maus. Beide schauten sich an und lachten.

Dann erzählten sie sich lange Geschichten, kicherten zusammen, schmausten von den Vorräten und lernten sich kennen, wie richtige Freunde. Das Schwälbchen berichtete, wie seine Eltern von Afrika gesprochen hatten; von den weiten Flügen über das große tiefe Wasser und wie Schwalben so leben und denken.

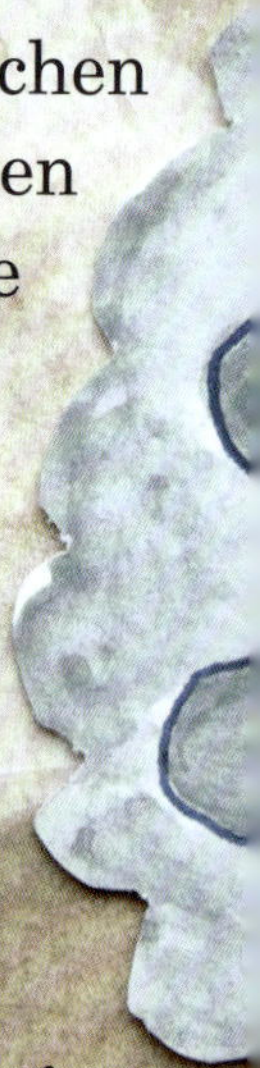

Die Maus wusste wiederum andere vergnügliche Geschichten: Wie sie ein Jahr in der Stadt gelebt hatte; von Jonathan, dem alten Raben, der die ganze Welt kannte und das gescheiteste Tier auf der Wiese war. Und natürlich von dem Mäusebruder Willi, der aus Versehen in eine Umzugskiste gefallen war und deshalb nach Amerika auswandern musste. Er hat sich auch nie mehr gemeldet. „Ich hoffe, Willi geht es gut“, lachte die Maus. Und dann lachten beide.

AMERIKA

„Lebst du eigentlich alleine hier unten oder gibt es noch andere, die hier ihre Höhle haben?“, fragte das Schwälbchen.

„Nein, nein“, sagte die Maus, „hier unten leben sehr viele Tiere. Aber alle haben ihr eigenes Nest, deshalb sehen wir uns nicht. Allerdings sind wir hier alle einer großen Gefahr ausgesetzt: Es lebt hier eine bösartige Schlange. Ich glaube, sie heißt Ventura und kriecht den ganzen Winter unter der Erde herum und sucht hier ihre Opfer. Deshalb müssen wir beide auch immer gut aufpassen, wenn wir fremde Geräusche hören.“

„Jetzt hast du mir aber richtig Angst gemacht“, sagte das Schwalbenkind. „Hoffentlich findet sie uns nicht. Am besten, wir bleiben ganz ruhig und still, dann werden wir nicht entdeckt.“

Aber beide vergaßen sehr schnell diese Sorgen. Am nächsten Tag saßen beide zusammen und knackten Nüsse. Es war behaglich warm in der Höhle und beide fühlten sich wohl. Die Maus legte immer eine große Nuss auf einen flachen Stein und darüber legte sie ein kleines Brett. Beide stellten sich auf

das Brett und hüpften solange auf und ab, bis die Schale zerbrach. Sie waren gerade dabei, cinc besonders dicke und widerspenstige Nuss zu knacken, als es plötzlich einen Riesenkrach gab. Es war, als ob ein Erdbeben ihre kleine Welt durcheinander brachte.

Es wurde plötzlich ganz dunkel in der Höhle und eine schwarze, unheimliche Gestalt erschien auf einmal im Raum inmitten von Staub und herabfallender Erde. Die Maus und das Schwalbenkind schrien geradezu in Panik und versuchten zu fliehen, aber zu allem Unglück geriet ein Flügel des Schwälbchens unter das Nussknackerbrett und war nun eingeklemmt – und auch die Maus war halb unter der Erde verschüttet.

Ihr erster Gedanke war: Alles ist aus. Die Schlange Ventura hat uns gefangen. Unser Leben ist zu Ende, denn die dunkle Gestalt war direkt über ihnen. – Aber sie sah gar nicht aus wie eine Schlange, eher wie eine große Maus oder gar wie ein ... ?

Und dann erkannte die Maus den Eindringling: „Mein Gott, hast du uns erschreckt!“, sagte sie. „Du alter verrückter Maulwurf. Wieso gräbst du genau

hier in unserer Höhle?“ Die Erleichterung war der Maus deutlich anzumerken. „Das ist Rainer, der Maulwurf“, sagte sie zu dem Schwälbchen. „Er lebt in der Nachbarschaft. Ab und zu verliert er die Orientierung und stürzt dann in meine Höhle.“

„Ich bin überhaupt nicht verrückt“, sagte der Maul-wurf. Aber letztes Jahr habe ich in der Nähe des Dorfes gegraben und da habe ich zum ersten Mal die Musik der Menschen gehört und seitdem liebe ich Rock‘n‘ Roll über alles. Und manchmal tanze ich und singe dabei so laut, dass ich vor lauter Begeisterung ein wenig die Richtung verliere. Aber nur ein wenig.“

„Das haben wir gesehen“, sagte die Maus. „Du hast meine Höhle fast zerstört.“ Der Maulwurf nahm die Maus tröstend in den Arm und sagte: „Ach mach dir keine Sorgen, das kriegen wir schon wieder hin.“

Langsam legte sich der Staub und alle drei konnten sich nun viel besser erkennen. Rainer war ganz erstaunt, hier unter der Erde eine Schwalbe zu finden. Er konnte das gar nicht begreifen. Da Maulwürfe nicht so gut sehen können, streichelte er immer und immer wieder über die weichen Federn und war ganz begeistert von dem neuen Gast unter der Erde.

Alle drei begannen aufzuräumen. Nach einer guten Stunde saßen sie gemütlich zusammen und erzählten und erzählten. Das Schwalbenkind musste von seinem großen Unglück berichten, worauf alle drei ganz traurig wurden. „Das wird schon wieder werden“, sagte der Maulwurf. Aber wie, dass wusste er auch nicht.

Dann schlug er vor, ein wenig Musik zu machen. Zur Freude aller sang er seine Lieder und die Maus und das Schwälbchen summten leise mit. Allen dreien gefiel das so gut, dass sie die Welt um sich herum fast vergaßen. Der Maus fiel es zuerst auf, denn plötzlich war da ein ganz seltsames Geräusch, ein Rascheln und Schaben zu hören, das immer näher kam. „Die Schlange kommt!“, flüsterte die Maus ganz entsetzt und starr vor Angst.

„Sie hat bestimmt die Musik gehört“, rief Rainer. „Schnell! Hauen wir ab. Los, los, ganz schnell! Kommt in meine Röhre, ich habe einen geheimen Notausgang gegraben.“

Alle drei flüchteten genau in dem Moment, als die Schlange um die letzte Höhlenbiegung kroch.
Sie hatte sich ganz leise angeschlichen und wurde plötzlich sehr aggressiv. Grimmig vor Wut machte sie sich an die Verfolgung.
Aber zum Glück konnten unsere drei Freunde gerade noch entkommen. Sie rannten so schnell es ging durch

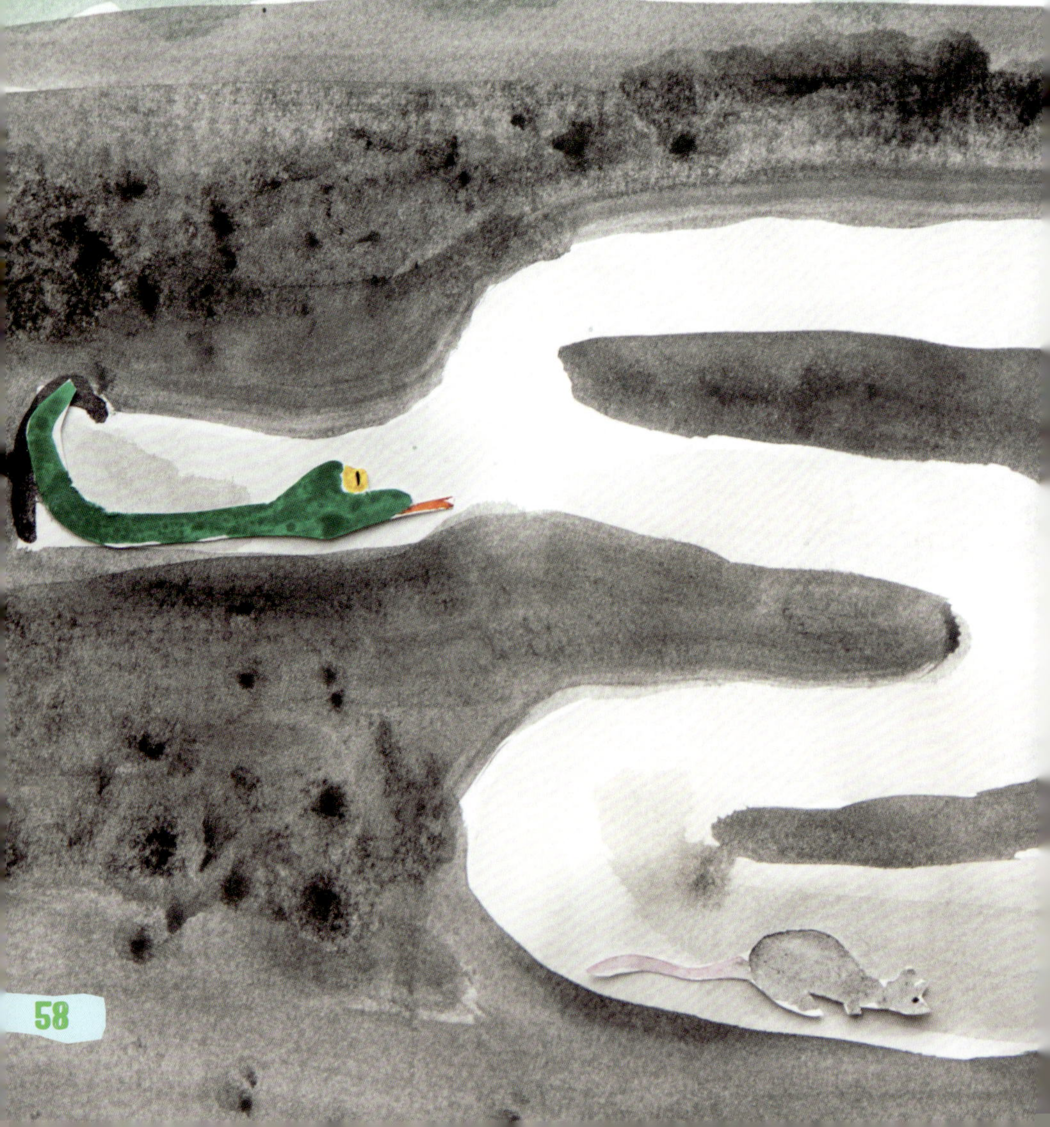

die dunklen Gänge, versteckten sich und kamen erst nach Stunden durch einen neuen Gang, den Rainer vorsichtig gegraben hatte, wieder in die Höhle zurück.

„Das war verdammt knapp. Mir klopft noch immer das Herz bis zum Hals“, sagte das Schwälbchen. „Das kommt nur davon, weil du zu viel Lärm mit deiner Musik machst“, sagte die Maus zu Rainer. „Das fürchte ich auch“, sagte eine ganz andere Stimme. „Das ist dieses Jahr so unerträglich

geworden, dass man überhaupt nicht mehr schlafen kann. Es wird immer schlimmer hier unten.“ Alle drehten sich überrascht um und schauten nach dem neuen Gast.

„Ich kann es kaum glauben“, rief verwundert die Maus, „der Igel ist aufgewacht. Das ist aber eine Überraschung.“

„Ich finde das gar nicht zum Lachen“, schnaubte der Igel. „Jedes Jahr wird es ungemütlicher hier unten. Viel zu viele Bewohner – und es wird immer lauter. Ich konnte schon drei Jahre lang im Winter nicht mehr richtig schlafen.“ Dann fiel sein Blick auf die Schwalbe und er bekam ganz große Augen: „Wer ist denn das?“

„Das ist unser neuer Wintergast, ein Schwälbchen, das nicht fliegen kann“, kam es einstimmig von Maus und Maulwurf. „Das ist ja etwas ganz Neues, ja fast eine Sensation“, meinte der Igel und sagte: „Darf ich mich vorstellen? Ich heiße Manni und bin ein Igel.“
Alle lachten.

„Ist das ein aufregendes Leben hier bei euch", rief das Schwalbenkind. Und Manni fragte: „Was war denn los? Was sollte der ganze Lärm und das Geschrei heute Nachmittag?"

„Die Schlange war hinter uns her. Sie hat uns verfolgt. Und erst jetzt haben wir uns wieder hervorgetraut. Es ging auf Leben und Tod. Vielleicht kommt sie zurück oder lauert schon irgendwo. Wir wissen nicht, wo wir uns noch verstecken sollen."

„Langsam, langsam", sagte Manni. „Beruhigt euch und setzt euch erst einmal hin. Ihr seid ja immer noch außer Atem. Und übrigens: vor der Schlange braucht ihr keine Angst zu haben, solange ich bei euch bin. Ich versperre ganz einfach den Höhlengang mit meinen Stacheln. Da kommt keine Schlange vorbei. Wir müssen sie nur rechtzeitig hören."

„Wir müssen eine Wache aufstellen“, meinte Rainer. „Ich habe noch eine bessere Idee“, sagte die Maus. „Wir legen in jeden Gang einen kleinen Haufen Kieselsteine. Und wenn sie dann darüber kriecht, hören wir das ganz deutlich.“

„Tolle Idee“, meinte die Schwalbe. Sie war begeistert und sah die Maus voller Bewunderung an. Schnell waren die kleinen Haufen aus Kieselsteinen aufgebaut und alle schauten sich an.

„Ich lade euch zum Essen ein. Es gibt wunderbare Nüsse und frische Körner“, sagte Maulwurf Rainer.

Alle lachten und setzten sich.

„Wenn ich das so recht bedenke, ist es viel interessanter bei euch zu feiern, als alleine Winterschlaf zu machen“, gab Manni zu. Und dann quatschten alle bunt durcheinander. Am eifrigsten war Rainer. Er schwärmte ununterbrochen von seinem Rock‘n‘ Roll, während Manni das für eine ernste Ruhestörung hielt.

„Sing und tanz uns doch einfach etwas vor“, schlug die Schwalbe vor, „dann können wir besser darüber reden.“

„Okay, wenn ihr das so wollt“, sagte Rainer, sprang auf, stellte sich in die Höhlenmitte und begann zu singen. – Und dann tanzte er zu seinem Gesang, erst etwas schüchtern, dann immer schwungvoller. Und dann geriet er buchstäblich in einen Freudentaumel. Die Begeisterung übertrug sich sofort auf die anderen, und alle klatschten freudig mit – sogar der Igel nach anfänglichem Zögern.

„Still! Still! Seid still!" Die Maus war ganz aufgeregt. Alle waren sofort mucksmäuschenstill. Und dann hörten sie ein Geräusch, wie Kieselsteine, die sich aneinander rieben, ein unheimliches Schaben und Kratzen: Die Schlange!

Von Panik ergriffen, sprangen sie auf. Außer Manni, der Igel, der blieb total cool: „Ich mache das schon“, rief er und horchte, aus welchem Gang das Geräusch kam. Dann stellte er sich quer vor den Höhlengang und streckte seine langen, harten Stacheln in den dunklen Höhlengang – keine Sekunde zu früh.

Ein kurzes böses Zischen und Ventura, die Schlange griff an. Sie stieß ein- zweimal wütend nach dem Igel, fuhr zurück und gab plötzlich gequälte, schmerzvolle Laute von sich. „Was ist das? Was ist das für eine Schweinerei! Ich bin ja verletzt, ich blute. Das werdet ihr mir noch büßen!“, sagte die Schlange und wurde noch wütender. Sie griff wiederum an, ganz schnell und mit voller Kraft. Und wieder stellte sich der Igel mit all seinen Stacheln in den Höhlengang. – Zwei- dreimal stieß die Schlange zu. Dann war Stille, nur unterbrochen von einem Klagen und Jammern, das immer lauter wurde. Und dann konnte man hören, wie die Schlange langsam und ächzend zurückkroch.

Alle liefen auf den Igel zu und sagten: „Du hast uns gerettet. Hurra, du hast uns gerettet.“ Der stand da ein wenig verlegen – aber voller Stolz – und sagte: „Wenn ich ganz ehrlich bin, ein wenig Angst hatte ich

schon. Es war ein verflucht komisches Gefühl, so ein Schlangenangriff."

„Du bist ein Held", strahlte Rainer. „Wenn du nicht so stachelig wärst, würde ich dich jetzt umarmen. Mensch war das toll. Wenn du bei uns bleiben könntest, hätten wir keine Probleme und auch keine Angst mehr. Ach bitte, bitte, bleibe bei uns. Wir sind auch ganz leise, damit du jeden Tag ein paar Stunden schlafen kannst", flehten sie ihn an.

Dem Igel wurde es ganz warm ums Herz. Er war stolz und fühlte, dass er nicht lange überlegen musste. Seine Entscheidung war schon gefallen.

Auch er wollte bei seinen neuen Freunden bleiben: „Also, wenn ihr das so sehr wünscht, bleibe ich bei euch, aber nur unter der Bedingung, dass Rainer nur einmal am Tag singen darf.“

Der Jubel war groß. Alle waren jetzt überglücklich.

Die Höhle wurde erweitert. Jeder bekam sein eigenes Zimmer und für alle ein großes Wohnzimmer zusätzlich. Das alles erledigte Rainer in zehn Minuten – so gut konnte er graben.

Überall in den Gängen legten sie Haufen von Kieselsteinen.

Nun hatten sie ihre Ruhe und konnten die Winterzeit genießen. Und von der Schlange Ventura hörten sie auch nichts mehr. Natürlich musste das Schwalbenkind noch einmal seine Geschichte erzählen und Manni meinte, dass er so etwas noch nie gehört habe.

So war jeder Tag voller neuer Geschichten und Vergnügungen. Ganz besonders die Maus sagte immer wieder: „Wie schön, dass wir uns gefunden haben. So ist der Winter viel schöner und ich muss nicht alleine in meiner Höhle sitzen."

So verging die Zeit. Alle zehn Tage prüfte die Maus, wie das Wetter draußen vor der Höhle war, kam zurück und berichtete. Meistens schüttelte sie sich und meinte: „Kalt! Schnee und Eis, dazu ein rauer Wind.“

Also blieben sie in der Höhle, lernten sich immer besser kennen und wurden jetzt richtige Freunde.

Dem Schwalbenkind mussten sie natürlich noch einen Namen geben: „Ich werde dich Bibi nennen“, sagte die Maus, „weil du immer so leise piep, piep machst und weil du ein Mädchen bist.“

„Und ich nenne dich Albert, weil du ein sehr kluger Mäusejunge bist“, sagte das Schwalbenkind.

An einem Morgen, Bibi und Manni hatten besonders lange geschlafen, kam Albert ganz aufgeregt zurück in die Höhle: „Schnell! Kommt mit nach oben. Es ist bereits ganz warm geworden. Der Winter ist vorbei.

Wir haben Frühling.“

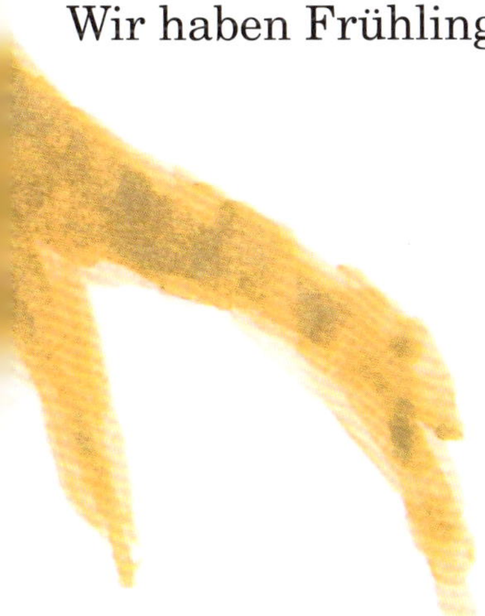

Vorsichtig krochen alle aus der Höhle. Nur Rainer blieb unten. Er meinte, es sei zu hell da oben. Wie wunderbar duftete die frische, milde Luft. Alle fühlten sich wie neugeboren und hopsten und tanzten unter der Hecke herum.

„Komm mit ins Gras“, rief Albert, „wir wollen einen kleinen Ausflug machen.“ Aber Bibi, das Schwalbenkind, wollte gar nicht aufhören zu hopsen und zu springen. Dabei schlug es kräftig mit den Flügeln, hopste und flatterte höher und höher und schwebte schließlich ein wenig in der Luft.

Und als es merkte, was es tat, erschrak es, setzte sich ganz still ins Gras und dachte: „Was ist mit mir passiert? Kann ich wirklich schon ...?

Dann probierte Bibi es wieder, sprang hoch, schlug kräftig mit den Flügeln, wackelte ein wenig – und flog schließlich umher. Zunächst zwar noch ein wenig unsicher, dann aber immer schneller und höher. Bibi verspürte ein wahnsinniges Glücksgefühl, als wollte ihr Herz zerspringen.

„Albert, Manni“, rief das Schwalbenkind, „ich kann fliegen! Wo seid ihr?“ Aber es war nur Manni da. Wo war Albert?

„Albert, Manni, schaut mal her! Ich kann fliegen“, wollte Bibi ihnen noch einmal zurufen, als sie plötzlich etwas Furchtbares sah.

Albert saß im Gras, schaute voller Freude zu ihr in den Himmel und vergaß dabei all seine Vorsicht. Nur wenige Meter hinter ihm schlich die große gelbe Wildkatze.

Ohne zu überlegen und ohne Furcht stürzte Bibi auf die Katze zu, flog direkt vor ihrem Kopf vorbei, streifte dabei den gefürchteten Feind mit einem Flügel, zog wieder hoch in die Luft und stürzte wieder und wieder auf die gefürchtete Wildkatze zu.

Das Wunder geschah: Die Katze war so sehr überrascht, dass sie einen Augenblick stutzte, fand das alles recht seltsam und zog es vor, zu verschwinden.

miauuu
puuuh

Bibi und Albert rannten so schnell sie konnten in ihre Höhle. Auch Manni folgte ihnen sofort. Dort saßen sie nach diesem großen Schreck und diesem furchtbaren Erlebnis – noch ganz außer Atem – nebeneinander

und konnten ihr Glück nicht fassen. „Du hast mir das Leben gerettet“, sagte Albert zu Bibi, „denn du hast die böse Wildkatze verjagt.“
Und Bibi sagte: „Und zuvor hast du mir das Leben gerettet. Ohne dich wäre ich bestimmt erfroren oder gefressen worden.“ Worauf Albert antwortete:
„Jetzt sind wir richtige Freunde. Jetzt bleiben wir zusammen.“
Und Bibi erwiderte: „Ich werde ab heute auf dich aufpassen. Außerdem bin ich bei dir groß und stark geworden. Und da ich jetzt das Fliegen gelernt habe, kann ich von oben aus der Luft jede Gefahr sofort sehen und dich warnen.“
„Und ich werde für uns beide Futter suchen“, antwortete Albert. Beide schauten sich überglücklich an.
„Na, wenn das keine Freundschaft ist“, sagte Manni und zwinkerte Rainer zu.

Zwei Wochen später
kamen alle Schwalben
aus dem Süden zurück.
Alle machten ganz große
Augen. Keiner konnte das
Wunder glauben, dass ihr
verlorenes Schwalbenkind
am Leben war und sogar
fliegen konnte.
Die Wiedersehensfreude
war groß und sofort wurde
ein großes Fest gefeiert.

Vater Piet war so glücklich, dass er den ganzen Tag mit dem Rücken nach unten durch die Luft flog und Mutter Eva-Maria weinte vor Freude.

Alle Schwalben feierten dann noch einmal einen ganzen Tag lang, weil es so etwas noch nie gegeben hatte. Und das war der Beginn eines neuen herrlichen Sommers. Natürlich gehörten Albert, Manni und Rainer jetzt mit zur großen Familie und konnten beschützt und sorglos über die Wiese laufen, weil alle Schwalben gemeinsam darauf achteten, dass ihnen nichts geschah und kein wildes Tier in ihre Nähe kommen konnte.

Noch Jahre danach erzählte der alte Rabe Jonathan allen Tieren auf der Wiese, dass er so etwas auch noch nie erlebt hatte: eine Freundschaft zwischen Schwalbe und Maus. Er behauptete sogar, dass jedes Jahr im Herbst alle Schwalben nach Süden geflogen seien,

das heißt bis auf eine, die sei vor dem Winter unter der Hecke in eine Mausehöhle gekrochen.
Viele Tiere wollten das nicht glauben, aber als Jonathan ganz ernst seinen Kopf wiegte und sagte: „Jetzt weiß ich, was wahre Freundschaft ist“, wurden doch alle sehr nachdenklich.